布鲁斯·帕丁顿计划的冒险

在1895年11月的第三周，浓浓的黄雾降落在伦敦。从星期一到星期四，我怀疑在贝克街的窗户上是否有可能看到对面房屋的织机。福尔摩斯花了第一天交叉索引他的大量参考书。第二和第三部分耐心地专注于他最近成为业余爱好的主题-中世纪的音乐。但是当第四次从早餐推开椅子后，我们看到油腻而沉重的棕色漩涡仍在我们身旁飘过，凝结在油滴落在车窗玻璃上时，我的同志不耐烦和活跃的本性可以忍受这种单调的存在更长。他因能量低落而发狂，在我们的客厅里不停地走动，咬指甲，敲家具，为无所事事而发火。

"对报纸没什么兴趣，沃森？" 他说。

我知道，霍姆斯所说的任何有趣的东西都意味着犯罪的意思。有关于革命，可能的战争以及即将进行的政府更替的消息；但是这些都不在我的同伴的视野之内。我看不到任何记录都没有以犯罪为形式，这是不常见和徒劳的。霍姆斯吟着，恢复了他不安的蜿蜒曲折。

"伦敦罪犯无疑是一个愚蠢的家伙，"他以这位运动员的失败的声音说道。沃森（），"看看这扇窗户。看看人物如何隐约可见，然后朦胧地看到它们，然后再次融合到云堤中。小偷或凶手可以在老虎看不见丛林的那一天漫游伦敦直到他猛扑，然后才对他的受害者可见。"

我说："有很多小偷小摸。"

福尔摩斯视了他的蔑视。

他说："这个伟大而阴沉的舞台比这更有价值。" "对于这个社区，我不是罪犯是幸运的。"

"确实是！" 我衷心地说。

"假设我是布鲁克斯或伍德豪斯人，或者是有充分理由杀我的五十个人中的任何一个，那么我可以抵抗自己的追求而生存多久？传票，伪造的约会，一切都结束了。在拉丁国家-暗杀国家-他们没有雾气天，真是太棒了！这终于打破了我们死去的单调。"

那是电报的女仆。福尔摩斯撕开了它，突然大笑起来。

"好吧，好吧！接下来呢？" 他说。"迈克罗夫特兄弟来了。"

"为什么不？" 我问。

"为什么不呢？就好像您遇到了一条沿着乡间小路行驶的有轨电车一样。有他的铁轨，他在铁轨上奔跑。他的颇高的购物中心，第欧尼根俱乐部，白厅-这就是他的自行车。"他只来过一次。什么大动荡可能使他出轨？"

"他不解释吗？"

福尔摩斯递给我他哥哥的电报。

"必须在西面的加多近见。马上来。"
。
"西加多根？我听说过这个名字。"

"它使我想不起任何事。但是应该以这种不稳定的方式爆发！一个行星不妨离开它的轨道。对了，你知道是什么吗？"

在希腊口译员冒险时，我对一个解释含糊不清。

"你告诉我他在英国政府下有一些小办公室。"

福尔摩斯笑了。

"那些日子我不太了解你。当一个人谈论重大国家事务时，你必须谨慎。你以为他在英国政府领导下是正确的。如果你在某种意义上说，你也是正确的说他偶尔是英国政府。"

"我亲爱的福尔摩斯！"

"我想我可能会让你感到惊讶。每年要抽四百五十英镑，仍然是下属，没有任何野心，既得不到荣誉也没有头衔，但仍然是美国最不可或缺的人。"

"但是如何？"

"好吧，他的位置是独一无二的。他已经为自己做到了。以前从来没有像现在这样的东西，也不会再有这样的东西。他拥有最整齐，最有秩序的大脑，拥有最大的储存事实的能力，
....
....
....
....

……………………………………………………………
……………………………………………………
……………………{{{目的}}。男人是专家，但他的专长是全知，我们假设一位部长需要有关海军，印度，加拿大和双金属问题的信息；他可以从各个部门获得单独的建议，但只有可以集中所有注意力，并随便说出每个因素会如何影响彼此；他们首先将他用作捷径，便利；现在，他已使自己成为必不可少的东西。可以手 马上就出来了。他的话一次又一次地决定了国家政策。他住在里面。当我作为智力研究者，如果我请他并要求他就我的一个小问题向我提出建议时，他毫不动摇的话，他什么都没有想到。但是木星正在下降。这到底是什么意思？谁在西边的卡多根，他对麦克罗夫特是什么？"

我哭了，"哭了。"我坐在沙发上乱丢的纸屑中。"是的，是的，他在这儿，果然如此！西卡多根是那个在星期二早晨被发现死在地下的年轻人。"

福尔摩斯站起来注意，他的烟斗正对着嘴唇。

"这一定是严重的，华生。死亡导致我的兄弟改变了习惯，这绝非寻常。他在世界上能与之发生什么？我记得这件事毫无特色。显然是从火车上摔下来自杀的。他没有被抢劫，也没有特别的理由怀疑暴力。不是吗？"

我说："一直在进行调查，并且已经出现了许多新鲜的事实。仔细观察，我当然应该说这是一个奇怪的案例。"

"从它对我兄弟的影响来看，我认为它一定是最特别的一个。" 他依在扶手椅上。"现在，沃森，让我们掌握事实。"

"这个人的名字叫阿瑟·卡多根·韦斯特。他二十七岁，未婚，在伍利奇兵工厂工作。"

"政府雇用。看到与兄弟的联系！"

"他在星期一晚上突然离开了羊毛三明治。未婚妻最后一次见到紫罗兰·韦斯特伯里小姐，那天晚上约7:30他突然离开了雾中。他们之间没有争吵，她也没有为他的行动动机。接下来听到的消息是，他的尸体是在伦敦地下系统的艾尔盖特站外的一个名为梅森的板层发现的。"

"什么时候？"

"尸体是在周二早上六点被发现的。当一个人向东，在靠近车站的一点上，它从铁轨的左手放宽了金属，那条线从它运行的隧道中出来。头部被严重压伤-受伤很可能是火车跌落造成的。尸体只能以这种方式上线。如果从任何相邻的街道上将其抬下，一定是通过了车站的障碍物，收藏家总是站在那里。这一点似乎绝对可以肯定。"

"非常好。这个案子肯定是确定的。死者或活着的那个人跌倒或从火车上摔下来了。对我来说，很清楚。继续。"

"横穿发现尸体的铁轨的火车是从西向东行驶的火车，有些是纯粹的大都市，有些是从威勒斯登及其外围的交叉路口。可以肯定地说，这个年轻人当他遇见了他的死亡，在深夜的某个时候正朝这个方向旅行，但是他什么时候进入火车上却无法说明。"

"他的票当然会证明这一点。"

"他的口袋里没有票。"

"没有车票！亲爱的沃森，这真的很奇怪。根据我的经验，如果不出示车票就不可能到达大都会火车的站台。大概是那个年轻人有一张。他是为了隐瞒他从那里来的车站，"有可能。还是他把它放到了马车上？"这也是有可能的。但是这一点令人好奇。我知道没有抢劫的迹象吗？"

"显然不是。这里有他的财产清单。他的钱包里有两十五英镑。他在首都和县银行的羊毛三明治支行上也有一本支票簿。通过这种身份，他的身份得以确立。还有两件衣服当天晚上的伍里奇剧院圆票，还有一小包技术论文。"

福尔摩斯感叹不已。

"沃森，我们终于有了它！英国政府-伍里奇-阿森纳-技术文件-迈克罗夫特兄弟，这条链条很完整。但是，如果我没记错的话，他来这里就是为自己说话。"

片刻之后，高大又诱人的 造型被带入了房间。身材魁梧，身体笨重，图中暗示有虚假的身体惯性，但在这个笨拙的框架上方，有个头顶着额头如此精明，深深地呆呆地呆呆地呆着，铁灰色、深的眼睛机敏，嘴唇的表情发挥得如此微妙，以至于乍一看就忘记了整体，只记得占主导地位的头脑。

紧随其后的是我们苏格兰苏格兰的老朋友莱斯德莱特（ ）瘦弱而严肃。他们两张脸的重力预示着一些沉重的追求。侦探一言不发地握手。迈克罗夫特·福尔摩斯挣脱了他的大衣，陷入了扶手椅。

"一个最烦人的事，夏洛克，"他说。"我非常不喜欢改变自己的习惯，但是这种力量不可否认。在现在的暹罗状态下，我离开办公室最尴尬。但这是一次真正的危机。我从未见过总理部长如此不高兴。就金钟而言，它嗡嗡作响，就像被推翻的蜂巢一样。你读过这个案子吗？"

"我们刚刚这样做了。技术论文是什么？"

"嗯，有意思！幸运的是，它还没有出来。新闻界对此是否会感到愤怒。这个可怜的年轻人口袋里的文件是布鲁斯-帕丁顿潜艇的计划。"

庄严地讲话，表明他对这个主题的重要性的感觉。他的兄弟和我坐在期待中。

"当然你听说过吗？我以为每个人都听说过。"

"仅作为名称。"

"它的重要性几乎不能被夸大。它一直是所有政府机密中最受嫉妒的保护。您可能会从我那里得到，在布鲁斯·帕丁顿行动的半径之内不可能进行海战。两年前，走私了一大笔钱通过估算并花费在获取发明专利上，我们已竭尽全力保守秘密，这些计划极其复杂，其中包含约三十项独立的专利，每项专利对于整个工作都是至关重要的在与军火库相邻的机密办公室中的一个精巧的保险箱，带有防盗门窗，在任何情况下都不会从办公室中拿出计划；如果海军的主要建设者希望与他们协商，即使他被迫为此目的，去毛里奇威奇办公室。可是在这里，我们却发现它们在伦敦市中心一个死去的初级文员的口袋里。从官方的角度来看，简直太糟糕了。"

"但是你找到了他们吗？"

"不，夏洛克，不！那是紧要关头。我们还没有。我们从羊毛三明治上拿走了十张纸。西卡多安口袋里有七张。最重要的三张都没了-被盗，消失了。你必须丢下所有东西，夏洛克。不用担心您平时对警察法庭的困惑，这是一个必须解决的重要国际问题。为何 会拿纸，失踪的人在哪里，他怎么死，他的尸体在哪里找到了，如何解决邪恶？找到所有这些问题的答案，您将为您的国家做出良好的服务。"

"你为什么不自己解决这个问题，？你可以看到我。"

"可能是福尔摩斯，但这是一个获取细节的问题。请给我您的详细信息，从扶手椅上我会给您很好的专家意见。但是要在这里跑来跑去，向铁路警卫提问，然后躺下。我的脸上带着镜头，这不是我的束缚。不，你是一个可以解决问题的人。如果你愿意在下一个荣誉名单中看到自己的名字，那么"

我的朋友笑着摇了摇头。

他说："我是为了游戏本身而玩游戏。""但是这个问题肯定引起了人们的兴趣，我将很高兴对此进行调查。请提供更多的事实。"

"我在这张纸上写下了最重要的部分，并附上了一些您可以找到的地址。这些文件的真正官方监护人是著名的政府专家詹姆士·沃尔特爵士，其装饰和副标题填满两行参考书：他在服务中成长为灰色，是一位绅士，是最崇高的房屋中的宠儿，而且最重要的是，一个爱国主义不容置疑的人。我可能还要补充说，星期一的工作时间里文件无疑是在办公室里的，詹姆斯爵士带着三把钥匙带着他离开伦敦去伦敦大约三点钟。他在辛克莱海军上将家中。事件发生的整个晚上，巴克莱广场都没有。"

"事实是否得到证实？"

"是的；他的兄弟瓦伦丁·沃尔特上校已经证明他离开了伍尔维奇，而辛克莱尔上将证明了他抵达伦敦；因此詹姆斯爵士不再是这个问题的直接因素。"

"谁带钥匙的是谁？"

"高级文员和绘图员西德尼·约翰逊先生。他今年40岁，已婚，育有五个孩子。他是一个沉默寡言的人，但总体而言，他在公共服务领域拥有出色的记录。他对同事不欢迎，但辛勤工作。根据他自己的说法，仅凭妻子的话就可以证实，他在下班后的整个星期一晚上都在家，他的钥匙从未离开过监视链。它挂了。"

"告诉我们有关西部加多近的事。"

"他服务已经十年了，做得很好。他的名气是谦虚谦虚，是个直率，诚实的人。我们对他一无所知。他是办公室里的下一个西德尼·约翰逊。职责使他每天与计划进行个人接触，没有其他人可以处理这些计划。"

"那天晚上谁锁定了计划？"

"高级秘书西德尼·约翰逊先生。"

"好吧，毫无疑问，是谁将他们带走的。他们实际上是在这个初级职员卡多根西 的人身上发现的。看来这是最终的，不是吗？"

"是的，福尔摩斯，但还剩下很多无法解释的地方。首先，他为什么要把它们带走？"

"我认为它们很有价值？"

"他本可以很容易为他们赚到几千美元。"

"你能建议把报纸卖给伦敦以外的任何动机吗？"

"不，我不能。"

"那么我们必须将其作为我们的工作假设。年轻的韦斯特接受了这些文件。现在这只能通过拥有一个错误的钥匙来完成-"

"有几个错误的钥匙。他不得不打开建筑物和房间。"

"然后，他用了几把假钥匙。他把文件带到伦敦卖了秘密，毫无疑问，打算第二天早上将计划放回保险柜中，然后再错过。"达到了终点。"

"怎么样？"

"我们以为他被杀并被扔出车厢时正返回伍里奇。"

"发现尸体的阿尔格盖特已经远远超过了伦敦车站桥，这将是他通往羊毛三明治的路线。"

"可以想象在许多情况下他会经过伦敦桥。例如，马车上有人与他进行了一次吸引人的面试。这次面试导致了他丧生的暴力场面。可能他尝试了离开马车，掉到了铁线上，碰到了他的头。另一个关上了门。大雾弥漫，什么也看不见。"

"用我们目前的知识无法给出更好的解释；但是考虑一下，夏洛克，你有多少东西保持不变。我们认为，出于争论的考虑，年轻的加多根·韦斯特已经决定将这些文件转达伦敦。他自然会做出与外国特工约好约会，保持晚上的畅通。他没有去剧院拿两张票，而是护送未婚妻到那儿，然后突然消失了。

莱斯德雷德说："一个盲人。"莱斯特雷德不耐烦地坐下来听谈话。

"非常单数。这是反对意见1。反对意见2：我们假设他到达伦敦并见到了外国特工。他必须在早上之前带回文件，否则将被发现损失。他带走了十个。他的口袋里只有七个。其他三个变成了什么？他当然不会留下自己的自由意志。然后，他的叛国罪的代价又在哪里？曾经期望会找到大笔钱口袋里有钱。"

莱斯特雷德说："在我看来，这很清楚。" "我完全不知道发生了什么。他拿着文件把它们卖了。他看到了经纪人。他们对价格不满意。他再次回家，但经纪人和他一起去。在火车上，经纪人谋杀了他，拿走了更重要的文件，然后把他的尸体从马车上扔了下来，这将说明一切，不是吗？"

"他为什么没有票？"

"机票会显示出那个特工离他家最近的车站。因此他从被谋杀的人的口袋里拿走了它。"

霍姆斯说："很好，同业，很好。" "您的理论结合在一起。但是，如果这是真的，那么情况就到了尽头。一方面，叛徒已死。另一方面，布鲁斯-帕丁顿潜艇的计划大概已经在非洲大陆上了。我们有事吗？"

"采取行动，夏洛克-采取行动！" 迈克罗夫特哭了起来，站了起来。"我所有的直觉都是反对这种解释的。要竭尽全力！走到犯罪现场！去见有关人员！千方百计！在您的整个职业生涯中，您从未有过为国家服务的巨大机会。"

"好吧！" 福尔摩斯耸了耸肩膀。"快来，沃森！你，莱斯特拉德，您能在我们的公司里待一两个小时吗？我们将通过拜访阿尔德盖特车站开始我们的调查。再见，迈克罗夫特。我晚上晚上请您报告。，但我会提前警告您，您别指望。"

一个小时后，福尔摩斯，莱斯德雷德和我站在位于阿尔盖特站前的隧道从地下隧道出来的那一点上。有礼貌的红脸老先生代表铁路公司。

他说："这是年轻人的尸体所在的地方。"他指出，距离金属约三英尺。"它不可能从上面掉下来，因为正如您所看到的，它们都是空白的墙。因此，它只能来自火车，而就我们所能追踪到的那辆火车，肯定已经过了午夜了。星期一。"

"对马车进行过暴力检查吗？"

"没有这样的迹象，也没有发现任何票。"

"没有发现开门的记录吗？"

"没有。"

莱斯特雷德说："今天早上我们有了一些新的证据。""一名乘客在周一晚上约11:40乘坐普通大都市火车经过阿尔德盖特，他宣布在火车到达车站前，听到一阵重重的轰鸣，就像是有人撞到了线路。然而，浓雾笼罩着，什么也看不见。他当时没有做任何报道。为什么，福尔摩斯先生怎么了？"

我的朋友站在他的脸上，紧张地表情，凝视着从隧道弯出来的铁路金属。是一个交汇处，并且有一个点网络。在这些问题上，他急切而可疑的眼睛被固定住了，我在他敏锐而机敏的脸上看到，嘴唇紧绷，鼻孔颤抖，浓密的簇状眉头集中了，我非常了解。

"点。"他喃喃地说。"要点"。

"什么？你是什么意思？"

"我想在这样的系统上没有很多点吗？"

"不，他们很少。"

"还有一条曲线。点和一条曲线。如果真是那样，那就笑了！"

"什么事，福尔摩斯先生？你有头绪吗？"

"一个想法-一个指示，不再。但是案件肯定会引起人们的关注。独特，完美的独特性，可是为什么不呢？我看不到任何流血的迹象。"

"几乎没有。"

"但我知道伤势很大。"

"骨头被压碎了，但是没有很大的外伤。"

"可是有人会预料到会流血。我是否可以检查火车，火车上载有听到迷雾般的轰鸣声的乘客？"

"我不担心，福尔摩斯先生。火车在此之前已经分手了，车厢也重新分配了。"

莱斯特雷德说："福尔摩斯先生，我可以向你保证，每辆马车都经过了仔细的检查。我亲眼看到了。"

这是我朋友最明显的弱点之一，他不耐烦，没有自己的情报那么聪明。

"很有可能，"他转身说。"碰巧，这不是我想要检查的车厢。沃森，我们在这里已竭尽所能。莱斯特雷德先生，我们无需再麻烦您了。我认为我们的调查现在必须使我们陷入困境。"

在伦敦桥上，福尔摩斯给他的兄弟写了一封电报，他在派遣前交给了我。因此运行：

在黑暗中看到一些光，但可能会忽隐忽现。同时，请以的名义寄送，以待在贝克街上返回，并附上完整的地址，列出在英国已知的所有外国间谍或国际特工的完整清单。

夏洛克。

"这应该会有所帮助，沃森。"他在我们坐羊毛列车时说。"我们当然欠迈克洛夫特兄弟一个债务，因为他向我们介绍了确实是一个非常杰出的案例。"

他热切的脸仍然戴着那种强烈而高昂的能量表达，这向我表明，一些新颖而富于启发性的情况开辟了令人振奋的思路。看到猎狐犬垂悬在狗窝里时垂耳垂尾，并与那只猎狗相提并论，就像那只眼睛闪闪发光、肌肉绷紧的猎狗一样，它散发着丰胸的气味-自从早上。他和那只老鼠色的睡衣那懒而懒洋洋的人物是个不同的人，那只老鼠在绕着雾笼罩的房间前几个小时就如此不安地徘徊。

他说："这里有物质。有范围。" "我确实很愚钝，不了解它的可能性。"

"即使现在他们对我来说还是黑暗的。"

"对我来说，结局也是黑暗的，但我有一个主意，可能会把我们引向遥远。那人在其他地方死了，他的尸体在马车的屋顶上。"

"在屋顶上！"

"不是很明显，不是吗？但是要考虑事实。是巧合的是，在火车正好绕过这些点的那一刻，火车俯仰和晃动吗？不是在屋顶上放置物体的地方吗？这些点不会影响火车内的任何物体，无论是车身从车顶跌落，还是发生了非常奇怪的巧合，但现在考虑血液问题，当然，车上没有出血如果尸体在别处流血，这行就行了。每个事实本身都是暗示性的。它们在一起具有累积的力量。"

"还有机票！" 我哭了。

"是的。我们无法解释为什么没有票。这可以解释这一点。一切都融合在一起。"

"但是假设是这样，我们离解开他的死之谜还有很长的路要走。的确，它变得不那么简单，而是变得陌生。"

霍姆斯若有所思地说，"也许"。他回到了一个无声的遐想中，一直持续到慢火车终于在伍利奇站停下来。他在那里打了个出租车，从口袋里掏出的纸。

他说："我们有相当多的下午电话要打。""我认为詹姆斯沃尔特爵士要求我们首先注意。"

这位著名官员的房子是一座精美的别墅，绿色的草坪一直延伸到泰晤士河。当我们到达它时，雾在升起，稀薄的水阳光直射。一个管家回答了我们的电话。

"詹姆斯先生，先生！"他庄严地说。"詹姆斯爵士今天早上死了。"

"我的妈呀！"福尔摩斯大吃一惊。"他怎么死的？"

"先生，也许您会愿意进去看看他的兄弟情人上校？"

"是的，我们最好这样做。"

我们被带进了昏暗的客厅，在那儿不久之后，我们身高五十岁，身材高大，英俊，光秃秃的男人，是死去的科学家的弟弟。他那张狂野的眼睛，两颊沾染的头发和蓬乱的头发，全都谈到了家庭的突然打击。他谈到时几乎没有说清楚。

他说："这是可怕的丑闻。""我的兄弟詹姆士爵士是一个非常敏感的人，他无法幸免于此。这件事伤了他的心。他一直为自己部门的效率感到骄傲，这是沉重的打击。"

"我们曾希望他能给我们一些迹象，这将有助于我们解决问题。"

"我向您保证，这对他和您以及我们所有人都是个谜。他已经将自己的全部知识交给警察使用。自然地，他毫不怀疑西多加根有罪。但是，所有人其余的都难以想象。"

"你不能对这件事有任何新的了解吗？"

"除了读过的或听到过的，我本人一无所知。我不希望灰心丧气，但福尔摩斯先生，你可以理解，我们目前非常不安，我必须请你加快这次采访的结束。"

当我们收拾好出租车时，我的朋友说："这的确是出乎意料的事。""我不知道死亡是自然的，还是那个可怜的老家伙自杀了！如果是后者，是否可以将其视为自我责备而忽视自己的标志？我们必须将这个问题留给未来。现在我们将转向到加多近河的西部。"

小镇郊外一间小而保养完好的房子庇护了丧亲的母亲。这位老太太头昏眼花，对我们无济于事，但在她的身边，是一位白皙的年轻小姐，自称是死者的未婚妻紫罗兰·韦斯特伯里小姐，也是最后一个见到他的人。那致命的夜晚。

她说："福尔摩斯先生，我无法解释。""自从悲剧，思考，思考，思考，日夜昼夜以来，我一直没有睁大眼睛，它的真正含义是什么。亚瑟是地球上最一心一意，侠义，爱国的人。在他出售要保密的国家机密之前，他已经过了正确的交接。对任何认识他的人来说，这都是荒谬，不可能，荒谬的。"

"但是事实，韦斯特伯里小姐吗？"

"是的，是的；我承认我无法解释它们。"

"他有没有钱吗？"

"不，他的需求很简单，工资很充裕。他节省了几百美元，我们要在新的一年结婚。"

"没有任何精神兴奋的迹象吗？韦斯特伯里小姐，来吧，我们绝对坦白。"

我的同伴很快就注意到她的举止有所改变。她上色而犹豫。

"是的，"她最后说，"我感觉到他的脑海里有些东西。"

"很久？"

"仅在最后一个星期左右。他很体贴和担心。一旦我向他施压，他就承认那里有些事，这关系到他的公职生活。'我说得太认真了，甚至对你来说，"他说。我无能为力了。"

福尔摩斯看上去很严肃。

"继续吧，韦斯特伯里小姐。即使似乎不利于他，继续吧。我们不能说这可能导致什么。"

"的确，我无话可说。在我看来，他有一两次是要告诉我一些事情。他在一个晚上谈到了这个秘密的重要性，我回想起他说的毫无疑问。外国间谍要付出很多代价。"

我朋友的脸仍然变得越来越严肃。

"还要别的吗？"

"他说，我们在这些问题上比较懈怠-叛徒很容易得到计划。"

"只是最近才发表这样的言论吗？"

"是的，最近。"

"现在告诉我们昨天晚上。"

"我们要去剧院。雾太浓了，出租车没用了。我们走了，我们的路把我们带到了办公室附近。突然他飞到雾里了。"

"没说半句话？"

"他感叹不已；仅此而已。我等了，但他再也没有回来。然后我步行回家。第二天早上，办公室开张后，他们来询问。大约十二点钟，我们听到了可怕的消息。福尔摩斯，如果可以的话，只能挽救他的荣誉！对他来说太重要了。"

福尔摩斯伤心地摇了摇头。

他说："沃森，来吧，我们的路在别处。我们的下一个站必须是用来取纸的办公室。"

他说："以前对付这个年轻人已经足够黑了,但我们的查询使它变黑了。""他即将结婚,这是犯罪的动机。他自然要钱。自从他谈论这件事以来,这个念头就在他的脑海里。他通过告诉她自己的计划,差点使那个女孩成为叛国罪的同谋。这一切都是非常糟糕的。 。"

"但可以肯定的是,福尔摩斯,性格是有帮助的?然后,他又为什么要把女孩留在街上,飞镖去犯重罪呢?"

"的确如此!当然有反对意见。但这是他们必须面对的一个可怕案例。"

先生。高级职员西德尼·约翰逊 在办公室与我们会面,并以我的同伴证件始终要求的方式接待了我们。他是一个瘦弱,肥胖,有眼镜的中年男人,脸颊,手从他所遭受的紧张中抽搐。

"这很糟糕,福尔摩斯先生,非常糟糕!你听说酋长去世了吗?"

"我们刚从他家来。"

"这个地方杂乱无章。主要死者,加多安·西死者,我们的文件被盗。但是,当我们星期一晚上关门时,我们的工作效率和政府部门中的任何一个机构一样有效。老天爷,想起来真令人恐惧。在所有男人中,西方应该做这样的事情!"

"那么,你确定他会感到内?吗?"

"我看不到其他办法。但是我会相信他,因为我相信自己。"

"办公室星期一什么时候关闭？"

"五点钟。"

"你把它关了吗？"

"我永远是最后一个人。"

"计划在哪里？"

"在那个保险柜里。我自己把它们放在那里。"

"大楼没有看门人吗？"

"有，但是他还有其他部门需要照顾。他是个老战士，也是一个最值得信赖的人。那天晚上他什么都没看见。当然，雾很浓。"

"假设卡多根·韦斯特希望在下班后进入大楼；他需要三把钥匙，不是吗，他才可以到达报纸？"

"是的，他会的。外门的钥匙，办公室的钥匙和保险箱的钥匙。"

"只有詹姆斯·沃尔特爵士，你有那些钥匙？"

"我没有门的钥匙，只有保险箱。"

"爵士先生是一个习惯养成秩序的人吗？"

"是的,我想他是。我知道,就这三个钥匙而言,他把它们放在同一枚戒指上。我经常在那儿见过它们。"

"那枚戒指和他一起去了伦敦?"

"他是这样说的。"

"而您的钥匙从未离开过您的财产?"

"决不。"

"然后,向西,如果他是罪魁祸首,那一定是他的复制品。而在他的尸体上却没有发现。另外一点:如果这个办公室的店员想出售这些计划,那么复制这些计划会不会更简单吗?为自己而不是像实际那样拿原件?"

"要想有效地复制计划,将需要大量的技术知识。"

"但是我想詹姆斯爵士,或者你,或者西方知道那方面的技术知识?"

"毫无疑问,我们已经这样做了,但是福尔摩斯先生,我想请您不要让我陷入困境。当最初的计划实际上是在西边找到时,我们以这种方式进行的猜测有什么用?"

"好吧,如果他可以安全地进行复印,那么他应该冒着冒险拿原件的风险,这肯定是奇异的,这同样对他有利。"

"毫无疑问,他是单身,但他还是这么做了。"

"在这种情况下，每次询问都揭示了一些莫名其妙的东西。现在仍然缺少三篇论文。据我所知，它们是至关重要的。"

"是的，就是这样。"

"你的意思是说，任何持有这三篇论文的人，如果没有其他七篇论文，都可以建造布鲁斯-帕丁顿潜艇？"

"我曾向海军部报告过这种情况。但是今天，我再次查看了图纸，但我不太确定。带有自动自我调节槽的双阀被绘制在其中一篇论文中，归还外国人之前，外国人自己发明了他们自己不能造船，当然他们很快就会克服困难。"

"但是三个遗失的图纸最重要？"

"无疑。"

"我认为，在您允许的情况下，我现在将在房屋周围转悠。我没有想起我想问的任何其他问题。"

他检查了保险箱的锁，房间的门，最后是窗户的铁百叶窗。只有当我们在外面的草坪上时，他的兴趣才被激发。窗户外面有一个月桂树灌木丛，几个树枝上有扭曲或折断的迹象。他用镜头仔细检查了它们，然后在下面的地面上有些模糊和模糊的痕迹。最终，他要求总店员关闭铁百叶窗，他向我指出，它们几乎不在中心碰面，外面的任何人都有可能看到房间里正在发生的事情。

"这些迹象被三天的延误破坏了。它们可能意味着什么或什么都没有。好吧，沃森，我认为羊毛三明治不能进一步帮助我们。这是我们收获的一种小农作物。让我们看看我们是否可以做在伦敦更好。"

但我们离开羊毛三明治站之前又增加了一捆捆。售票处的业务员能够自信地说，他在周一晚上看到了西加多甘（据眼见为实的人），并于8:15到达伦敦桥。他独自一人，拿了一张三等票。当时，店员因他激动而紧张的态度而被打中。他是如此摇摇欲坠，以至于他几乎无法拿起零钱，店员帮了他忙。对时间表的引用显示，8:15是在他大约7:30离开夫人后可能乘坐的第一趟火车。

福尔摩斯沉默了半个小时后说："让我们重建沃森。" "我不知道在我们所有的联合研究中，我们遇到过一个更难解决的案例。我们取得的每一个新进展都只揭示了一个新的坎。然而，我们确实取得了可观的进步。

"我们对伍尔维奇的询问的结果主要是针对年轻的西部加多安人；但窗口上的迹象将使自己得到一个更有利的假设。让我们假设，例如，有一位外国特工与他接触。这可能是在保证他无法讲出来的保证下完成的，但是会按照他对未婚妻的言论所指示的方向影响他的思想，很好，现在我们假设他去剧院时在那位年轻女士的陪伴下，他突然在雾中瞥见了同一位特工朝办公室的方向走去，他是一个浮躁的人，他下定决心，一切都让位了，他跟随了那个人，到达了在窗户上，看到文件的摘要，然后追随小偷。以此方式，我们克服了一个反对意见，即当他可以复印时，没有人会拿原件。这位局外人必须拿原件。

"你下一步怎么做？"

"然后我们陷入困境。人们会想到，在这种情况下，年轻的加多安·韦斯特的第一个举动就是抓住小人并发出警报。他为什么不这样做？能不能由正式上级来接卷纸？？？这可以解释韦斯特的举止；或者酋长是否可以让韦斯特在雾中溜走，然后韦斯特立刻开始前往伦敦，将他从自己的房间开走，假设他知道房间在哪里？由于他离开了雾中的女孩，不愿与她交流，这非常令人紧迫。我们的气味在这里变得冷淡，假说与西方人的身体之间还有很大的差距，口袋里有七张纸，在大都会火车的车顶上，我的本能现在是从另一端开始工作。如果给了我们地址列表，我们也许可以挑选我们的人，沿着两条轨道而不是一条。"

确实，贝克街上有条纸条等着我们。一个政府使者在事后把它带了回来。福尔摩斯看了一眼，扔给了我。

有很多小鱼苗，但是很少有人愿意做这么大的事情。唯一值得考虑的人是威斯敏斯特乔治大街13号的阿道夫·梅耶；位于诺丁山的坎普顿大厦的路易斯·罗西埃 肯辛顿（）的考菲尔德花园（13 ）和雨果·奥伯斯坦 。后者据称周一在城里，据报道已离开。很高兴听到您看到一些光。内阁竭诚等待着您的最终报告。紧急情况的代表来自最高处。如果您需要，国家的全部力量就在您的背上。

。

霍姆斯笑着说："恐怕皇后所有的马匹和皇后所有的男人在这件事上都无济于事。" 他散布了伦敦的大地图，并热切地俯身。他说："好吧，好吧，现在事情终于向我们的方向转变。为什么沃森，我确实相信我们毕竟会实现这一目标。" 他突然大笑起来，拍了拍我的肩膀。"我现在要出去。这只是一个侦察。没有我值得信赖的同志和传记作家的肘帮,我不会做任何严肃的事情。您呆在这里吗?很可能您在一两个小时后会再次见到我。时间太长了,请傻瓜和笔,然后开始叙述我们如何保存状态。"

我心中对他的兴高采烈有一些反映,因为我很清楚,除非有充分的理由使他狂喜,否则他不会偏离他通常的节俭举止。在整个十一月的漫长夜晚中,我一直等着他的归宿。终于,在九点钟后不久,到达了一个有字条的信使:

我在肯辛顿格洛斯特路的戈尔迪尼餐厅用餐。请立刻来加入我的行列。随身携带一个塞子,一个黑灯笼,一把凿子和一把左轮手枪。

对于受人尊敬的公民来说,这是在昏暗,雾的街道上穿行的好设备。我小心翼翼地把它们都塞在我的大衣里,径直开车到给定的地址。我的朋友在那家华丽的意大利餐厅门口附近的一张小圆桌旁坐着。

"你有东西要吃吗?然后和我一起喝咖啡和可拉索。试一试东主的雪茄。它们的毒性比人们预期的要低。你有工具吗?"

"他们在这里,穿着大衣。"

"太好了。让我简短地概述一下我的所作所为,并说明我们将要做的事情。现在,沃森,对您来说,这名年轻人的尸体已被放置在火车的车顶上了从那一刻起,我就清楚地确定了他从屋顶而不是从马车上摔下来的事实。"

"难道不是从桥上掉下来的吗？"

"我应该说这是不可能的。如果您检查一下屋顶，您会发现屋顶略呈圆形，并且没有围栏环绕。因此，我们可以肯定地说，是年轻的加多安河西放置在屋顶上。"

"他怎么能被安置在那里？"

"这是我们必须回答的问题。只有一种可能的方法。您知道地下在西端的某些地方没有隧道。我有一个模糊的记忆，当我经过它时，我已经我偶尔会看到头顶上方的窗户。现在，假设有一列火车停在这样的窗户下，将尸体放在屋顶上会有任何困难吗？"

"这似乎是最不可能的。"

"我们必须重新回到旧的公理上，那就是当所有其他突发事件都失败时，无论多么不可能发生的一切仍然是事实。这里所有其他突发事件都失败了。当我发现刚刚离开伦敦的主要国际特工活着时在毗邻地下的一排房屋中，我感到非常高兴，以至于您对我突然的轻浮感到惊讶。"

"哦，就是这样吗？"

"是的，就是这样。拥有13个考菲尔德花园的雨果·奥伯斯坦先生已经成为我的目标。我在格洛斯特路站开始了业务，一位非常乐于助人的官员与我一起沿着铁轨行走，不仅让我满意，考尔菲尔德花园的后窗玻璃窗在线路上打开，但更重要的事实是，由于较大的铁路之一的相交，地下火车经常在那个位置静止了几分钟。"

"好极了，福尔摩斯！你明白了！"

"到目前为止－到目前为止，沃森。我们前进了，但目标却是遥远的。好了，看到考菲尔德花园的后面，我参观了前面，并对自己确实飞过这鸟感到满意。这是一间没有家具的大房子就我所能判断的，奥伯施泰因只有一个侍者住在那儿，他可能完全是他的同盟者。我们必须牢记，奥伯施泰因已经去了大陆处置他的战利品，但是他没有理由害怕逃跑，因为他没有理由担心逮捕令，他当然不会想到进行业余住所探访，但这正是我们将要做出的。"

"我们不能获得逮捕令并将其合法化吗？"

"几乎没有证据。"

"我们希望做什么？"

"我们不能说出可能有什么对应关系。"

"我不喜欢，福尔摩斯。"

"亲爱的家伙，你应该在街上监视。我将承担刑事责任。现在不是小事一桩了。想想的笔记，金钟，内阁，高尚的新闻等待者。我们一定要走。"

我的答案是从桌子上站起来。

"你是对的，福尔摩斯。我们注定要走。"

他突然起来，用手握住我。

他说："我知道你最后不会缩水。"有一会儿，我在他的眼中看到比我以前见过的更温柔的东西。下一瞬间，他再次成为了他精通实践的自我。

他说："距离将近半英里，但不要着急。让我们走路。""请不要丢下乐器，我求求你。将你逮捕为可疑人物将是最不幸的事情。"

考菲尔德花园是那些平面扁平的柱状和门廊式房屋之一，这些房屋如此突出，是伦敦西端维多利亚时代中期的产物。隔壁似乎有一个儿童聚会，因为年轻的声音快活的嗡嗡声和整夜响起的钢琴拍手声响起。雾仍然笼罩着我们，并以其友好的阴影遮蔽了我们。福尔摩斯点亮了他的灯笼，然后将其照在巨大的门上。

他说："这是一个严肃的主张。""它肯定是用螺栓锁上的，而且也要锁上。我们会在该地区做得更好。如果狂热的警察闯入，那边还有一个绝佳的拱门。沃森，请帮帮我，我会为您做的一样。"

一分钟后，我们俩都在该地区。在上面的雾中听到警察的脚步之前，我们几乎没有到达过黑暗的阴影。随着柔和的节奏消失，福尔摩斯开始在下门上工作。我看到他弯下腰，劳累，直到突然坠毁，它飞开了。我们闯入黑暗的通道，关闭了我们身后的区域门。霍姆斯（）引领着那条弯曲的，没有地毯的楼梯。他那黄色的小风扇照在低矮的窗户上。

"我们在这里，沃森-这一定是那个。" 他把它打开了，然后他发出低沉而刺耳的杂音，随着火车在黑暗中驶过我们，声音逐渐嘶哑。霍姆斯沿着窗台扫了一下他的灯。它的表面涂满了过往发动机的烟灰，但黑色表面模糊不清并在某些地方摩擦。

"你可以看到他们把尸体放在哪里。你好，沃森！这是什么？毫无疑问，这是一个血迹。" 他指着窗户的木制品上淡淡的变色。"这里也在楼梯的石头上。示范已经结束。让我们呆在这里直到火车停下来。"

我们没多久就等。接下来的火车像以前一样从隧道里咆哮，但是在野外放慢了速度，然后由于刹车的嘎吱作响，立即在我们下方拉了上来。从窗台到车顶不是四英尺。福尔摩斯轻轻地关上了窗户。

他说："到目前为止，我们是有道理的。" "你怎么看，沃森？"

"一个杰作。您再也没有崛起过。"

"我在那里不能同意你的看法。从我想到尸体在屋顶上的想法那一刻起，那肯定不是一个非常深刻的想法，其余的一切都是不可避免的。如果不是因为重大利益而涉及此事到现在为止微不足道。我们的困难仍然摆在我们面前，但也许我们可以在这里找到一些可以帮助我们的东西。"

我们登上了厨房楼梯，进入了一层的房间。一个是饭厅，家具陈设严格，没有任何兴趣。一秒钟是一间卧室，这间卧室也一片空白。剩下的房间看起来更有希望，我的同伴安顿下来接受了系统的检查。它到处都是书籍和论文，显然被用作研究。福尔摩斯迅速而有条不紊地把抽屉里的东西移到抽屉里，把碗柜里的碗柜又一个碗柜地移开，但没有丝毫成功能使他严肃的面孔变得明亮。在一个小时的结束时，他没有比开始时更进一步。

他说："狡猾的狗掩盖了他的足迹。""他没有留下任何罪名。他的危险信件被摧毁或撤除。这是我们最后的机会。"

那是一个放在写字台上的小锡钱箱。霍姆斯用凿子把它撬开。里面有几卷纸，上面满是数字和计算结果，没有任何纸说明它们所指的东西。经常出现的单词"水压"和"平方英寸的压力"暗示了与潜艇的某种可能联系。福尔摩斯不耐烦地把他们扔到一边。里面只剩下一个信封，里面放着一些小报纸。他把它们摇晃在桌子上，然后我立刻从他急切的脸上看到他的希望已经升起。

"这是什么，沃森？是吗？这是什么？在纸质广告中记录一系列消息的情况。打印和纸质的每日电报痛苦专栏。页面的右上角。没有日期，但消息排列本身，这必须是第一个：

"希望能早日听到。同意的条款。请写完整的地址到卡片上的地址。

"皮埃罗特。

"接下来是：

"描述太复杂。必须有完整的报告，货物交付时，东西在等待着您。

"皮埃罗特。

"然后来:

"重要新闻。除非合同完成,否则必须撤回报价。以书信方式进行任命。将通过广告确认。

"皮埃罗特。

"最后:

"星期一晚上九点以后。两下水龙头。只有我们自己。不要那么怀疑。货物交付时用现金支付。

"皮埃罗特。

"一个相当完整的记录,沃森!如果我们只能在另一端找到那个人的话!" 他坐了下来,用手指在桌子上轻拍。终于他站起来了。

"嗯,毕竟,也许不会那么困难。沃森,这里没有什么可做的了。我认为我们可以开车前往每日电报的办公室,以期完成美好的一天的工作。 。"

第二天早餐后, 和约好了约会,而 向他们讲述了我们前一天的诉讼。专业人士对我们承认的爆窃案摇了摇头。

他说:"福尔摩斯先生,我们无法在部队中做这些事情。" "难怪你得到的结果超出了我们。但是,在有些日子里，你会走得太远了，你会发现自己和你的朋友陷入困境。"

"为了英国，家庭和美丽-嗯，沃森？在我们国家祭坛上的烈士。但是，您对此有何看法，迈克罗夫特？"

"太好了，夏洛克！令人钦佩！但是你会怎么用呢？"

福尔摩斯拿起桌子上的每日电报。

"你今天看过皮埃罗的广告吗？"

"什么？另一个？"

"是的，这里是：

"晚上。同一小时。同一地点。两下。最重要的是。您自己的安全受到威胁。

"皮埃罗特。

"乔治！" 哭了。"如果他回答我们已经得到他了！"

"当我把它放进去的时候，这就是我的想法。我想如果你们俩都可以方便我们大约八点钟到我们去考菲尔德花园，我们可能会更接近解决方案。"

夏洛克·福尔摩斯最显着的特点之一是，只要他确信自己无法再为自己谋取利益，他就可以将自己的大脑付诸行动，并将所有思想转变为更轻松的事情。我记得在那整个令人难忘的一天中，他迷失了自己的专着，专攻激光复音。就我自己而言，我没有这种超脱的力量，因此，这一天似乎是无尽的。这个问题在全国范围内具有举足轻重的地位，高处的悬念，我们正在尝试的实验的直接性质，这些都使我不安。终于，在享用一顿便餐后，我们出发了，对我来说是一个解脱。和在格洛斯特路站的外面约见我们。家的区域门在前一天晚上被打开了，这对我来说是必要的，因为 绝对且愤慨地拒绝爬上栏杆，进入并打开大厅的门。到九点钟，我们都坐在书房里，耐心地等待着我们的男人。

一个小时过去了，又过了一个小时。当十一点钟敲响时，教堂的巨大钟声的敲打似乎听起来像是我们的希望。和坐在椅子上坐立不安，每分钟看两次手表。福尔摩斯坐在那里，沉默而镇定，双眼皮半闭，但种种警觉都使人警觉。他猛地抬起头。

他说："他来了。"

门前走了一个偷偷摸摸的台阶。现在它回来了。我们听到外面有一阵阵刺耳的声音，然后用敲门器敲了两下。福尔摩斯站起来，示意我们坐下。大厅里的气体只是光点。他打开外门，然后当一个黑暗的人影滑过他时，他关上并系紧了门。"这条路！" 我们听见他说，过了一会儿，我们的男人站在我们面前。霍姆斯紧紧跟着他，当那个男人惊讶和惊慌地转过身来时，他抓住他的衣领，把他扔回了房间。在我们的囚犯恢复平衡之前，门已关上，福尔摩斯的背靠着站着。那人瞪了他一眼，错开了，跌倒在地上。震惊后，他宽阔的帽子从头顶上飞了下来，领带从嘴唇上滑落下来，留着长长的胡须和情人节上校沃尔特的柔软英俊的精致特征。

福尔摩斯发出了惊喜的口哨。

他说："沃森，这次你可以把我写下来。""这不是我要找的鸟。"

"他是谁？" 急切地问。

"已故海底船长詹姆斯·沃尔特爵士的弟弟。是的，是的；我看到了证件的掉落。他来了。我认为你最好把他的考试留给我。"

我们把的身体抬到沙发上。现在我们的囚犯坐了起来，面带恐怖的脸环顾了他一眼，然后把手伸到了额头上，就像一个无法相信自己的感官的人。

"这是什么？" 他问。"我是来拜访奥伯斯坦先生的。"

霍姆斯说："一切都知道，沃尔特上校。""英国绅士如何以这种方式行事超出了我的理解范围。但是您与奥伯施泰因的全部往来和关系在我们的知识范围之内。与年轻的加多根·韦斯特去世有关的情况也是如此。让我建议您有所作为最重要的是悔和认罪，因为有些细节我们只能从你的口中吸取。"

那人吟着，将脸沉在手中。我们等待着，但他沉默了。

霍姆斯说："我可以向您保证，每个要件都已经知道。我们知道您被金钱压榨了；您对兄弟握住的钥匙印象深刻；与奥伯施泰因建立了往来往来关系，谁通过每日电讯报的广告栏回答了您的来信，我们知道您星期一晚上在大雾笼罩的办公室里走了，但是您被看到并跟随着年轻的 ，他可能之前有一些怀疑的理由您，他看到了您的盗窃案，但没有发出警报，因为您很可能将文件带给您在伦敦的兄弟，把他所有的私人问题都留给了他，就像他是个好公民一样，紧紧跟着您雾气一直缠着你，直到你到达这所房子为止。他在那里干预，然后是沃尔特上校，为了叛国，你增加了更可怕的谋杀罪。"

"我没有！我没有！在上帝面前我发誓我没有！"我们悲惨的囚犯哭了。

"然后，告诉我们，加多甘·西在您将他放到铁路车厢的屋顶上之前是如何遇到他的尽头的。"

"我会的。我向你发誓我会的。其余的事我都做了。我承认。就像你说的那样。必须偿还股票交易所的债务。我急需这笔钱。奥伯施泰因给了我五千。是为了使自己免于灭亡。但是关于谋杀，我和你一样无辜。"

"那么怎么了？"

"他以前有过怀疑，他按照您的描述跟着我。直到我到门口时，我才知道。那是浓雾，一个人看不到三码。我给了两把水龙头，奥伯施泰因来到了年轻人冲上去，要求知道我们要如何处理这些文件，奥伯施泰因的救生员很短，他总是随身携带它。在头上，那一击是致命的一击，他在五分钟内死亡，他躺在大厅里，我们机智尽头该怎么办，然后奥伯斯坦对火车停在他的后窗下有了一个想法。但是，他首先检查了我带来的文件，他说其中三份是必不可少的，他必须保留它们。"你不能保留它们，"我说，"如果它们是羊毛的，那将是可怕的一排。没有回来。他说，"我必须保留它们，因为它们是如此的技术化，以至于在当时是不可能复制的。"我说：”那么他们必须今晚一起回到晚上。"他想了一会儿，然后大声喊出自己已经拥有了。"我会保留三个，"他说。这个年轻人的口袋。当他被发现时，整个生意肯定会归功于他。" 我没有其他办法了，所以我们按照他的建议去做。我们在窗前等了半个小时才停下火车，火车太厚了，什么也看不见，我们没有任何困难将西方的身体放下就火车而言。就我而言，这已经结束了。"

"还有你的兄弟？"

"他什么也没说，但是他用钥匙抓住了我一次，我认为他怀疑。我在他的眼睛里读到他怀疑。你知道，他再也没有抬起头来。"

房间里一片寂静。它被 弄坏了。

"你不能赔偿吗？这会减轻你的良心，甚至减轻你的惩罚。"

"我能提供什么赔偿？"

"奥伯施泰因的论文在哪里？"

"我不知道。"

"他没有给你地址吗？"

"他说写给巴黎卢浮宫酒店的信最终将到达他。"

夏洛克·福尔摩斯说："那么赔偿仍然在你的能力范围内。"

"我会尽我所能。我欠那个家伙没有特别的善意。他一直是我的败笔,也是我的垮台。"

"这是纸和笔。坐在这桌子上,写信给我。要把信封对准给定的地址。没错。现在这封信是:

"亲爱的先生:

"就我们的交易而言,毫无疑问,您现在已经观察到一个重要细节丢失了。我进行了追踪,以使其完整。这给我带来了额外的麻烦,但是,我必须要求您进一步处理预付五百英镑,我将不信任它,也不会拿任何东西,只有黄金或纸币。我会到国外来,但是如果我现在离开这个国家,这会令人兴奋,因此,我希望在星期六中午在查林十字酒店的吸烟室与您会面,请记住,只会记录英文音符或黄金。

"那将做得很好。如果它不吸引我们的人,我将感到非常惊讶。"

它做到了!这是一个历史问题-这个国家的秘密历史通常比其公开编年史更加亲密和有趣-奥伯施泰因渴望完成他的一生的政变,被引诱并被安全地吞噬在英国监狱服刑十五年。在他的后备箱中发现了宝贵的布鲁斯·帕丁顿计划,他将其计划在欧洲所有海军中心进行拍卖。

沃尔特上校在服刑的第二年年底死于监狱。至于福尔摩斯,他重新回到了专着《复音的小径流经》的专着上,这本专为私人发行而印刷,专家说这是该主题的最后一句话。几周后,我偶然得知我的朋友在温莎呆了一天,在那里他带着一副非常出色的祖母绿领带夹返回。当我问他是否买了它时,他回答说这是一位贵妇送给她的礼物，出于他的利益，他曾经很幸运地执行了一笔小小的佣金。他没有再说了。但我想我能猜出那位女士的庄严名字，我毫不怀疑绿宝石大头针将永远使我想起布鲁斯·帕丁顿计划的冒险。

www.ingramcontent.com/pod-product-compliance
Lightning Source LLC
LaVergne TN
LVHW021742060526
838200LV00052B/3429